Disney présente

Tarzan

Disney Hachette Édition

Kala, le gorille femelle, se fige brusquement, l'oreille aux aguets. Elle observe l'étrange petite maison qu'elle vient de remarquer, perchée au sommet d'un arbre. Il n'y a pas de doute. C'est bien de là que proviennent les pleurs d'enfant qu'elle a entendu résonner dans la jungle. Le cœur battant, elle laisse s'éloigner ses congénères, puis elle franchit la passerelle de corde qui mène à la terrasse et s'arrête, pétrifiée, devant la porte d'entrée…

À l'intérieur de la cabane, tout est sens dessus dessous, ruiné, saccagé. Les murs sont éventrés, les meubles renversés. Le vent s'engouffre par une fenêtre brisée. Le silence règne à nouveau : Kala frémit. Parmi les décombres et les objets éparpillés, elle distingue des empreintes sanglantes sur le sol.

Ce sont celles de Sabor, la femelle léopard. Elles témoignent d'une lutte violente et sans merci dont l'issue ne fait pas de doute. À l'écart, dissimulé sous une couverture, un petit humain, rescapé, pleure dans son berceau en agitant ses membres potelés. Kala le saisit par un pied et le soulève pour l'examiner.

Elle l'approche de son nez et se met à le flairer. Le bébé, chatouillé par ses longs poils, cesse aussitôt de crier. S'abandonnant en toute confiance, il gigote et se tortille en riant. Kala est bouleversée. Cet enfant, qu'elle blottit tendrement contre elle, lui rappelle tant le sien : celui qu'elle vient de perdre, emporté par Sabor, le cruel léopard.

Tout à coup, Kala relève la tête. Elle sent une présence menaçante. À l'affût sur une poutre, Sabor bondit sur elle en rugissant. Kala n'a que le temps de se jeter de côté. Le bébé dans les bras, elle se précipite vers la porte et rejoint la terrasse. Sabor se lance à sa poursuite. Elle la mord cruellement. Kala fait front et se défend : son courage est décuplé par la présence du petit être qu'elle serre contre elle. Malgré les coups de griffes, elle repousse chacune des attaques. Épuisée, le corps lacéré, elle parvient enfin à s'échapper… Le fauve, cette fois, a échoué.

De retour dans sa tribu, Kala s'oppose à Kerchak, son compagnon. Le chef des gorilles considère l'enfant en fronçant les sourcils :

« Regarde-le, dit-il, il n'est pas de notre race, il pourrait nous mettre en danger !

– Je le sais, admet Kala… mais il est seul, il a besoin de moi !

– C'est bon, accepte finalement Kerchak. Qu'il reste ! Mais il ne remplacera pas notre fils ! »

La nuit est tombée. Kala s'est écartée du groupe pour installer son nid dans la fourche d'un grand arbre. Tok, une toute jeune gorille, accourt. Elle s'inquiète du bébé qui s'est mis à pleurer.

« Comme il est laid ! s'étonne la jeune guenon. Il n'a pas de poils ?

– Ce n'est qu'un bébé !

– Comment s'appelle-t-il ? insiste Tok.

– Son nom est Tarzan ! » déclare Kala.

Cinq ans ont passé. Tarzan a grandi. Agile comme un singe, il a aussi le goût des farces. Un matin, tandis que sa mère l'appelle, affolée de ne pas le trouver près d'elle à son réveil, il surgit, suspendu à une liane, en barrissant comme un éléphant.

« Je t'ai fait peur, hein ? » lui demande-t-il en riant aux éclats.

Kala sursaute. Elle se tient le cœur, faisant semblant d'être encore sous le choc.

« Ne peux-tu imiter des animaux moins bruyants ? lui suggère-t-elle. Ou alors, trouve ton propre cri !»

Tarzan est gentil, c'est sûr, mais Tok, la jeune gorille, n'a aucune envie de s'en encombrer : Flynt et Mungo, ses deux copains, n'en veulent pas dans leur bande.

« Tu comprends, lui explique-t-elle, pour venir avec nous, il faut que tu prouves que tu en es capable !

– Ah bon ! s'étonne le jeune garçon, et que dois-je faire ?

– C'est simple, répond Tok en lui montrant la rivière où pataugent les éléphants, rapporte-nous un poil de l'un d'entre eux ! »

À la surprise des trois gorilles, Tarzan prend son élan et plonge. Il s'approche des pachydermes en nageant sous l'eau. Tantor, l'éléphanteau, l'aperçoit et donne l'alerte en poussant des barrissements épouvantés :

« Un gros piranha ! Un gros piranha ! »

Tarzan émerge, à bout de souffle. Les éléphants, pris de panique devant cette apparition, prennent pesamment la fuite.

Tarzan l'a échappé belle. Il se serait noyé, si Tok n'était pas arrivée à temps pour le sauver. Face à sa tribu rassemblée, la jeune guenon se sent responsable des dégâts causés par le passage des éléphants en fuite à travers le territoire des gorilles. Elle s'incline devant Kerchak et bafouille quelques excuses. Tarzan aussitôt l'interrompt :

« Non, tout cela est ma faute ! Nous étions en train de jouer… C'est un accident !

– Tarzan n'est qu'un enfant, plaide Kala. Il apprendra !

– Il n'apprendra rien ! tranche Kerchak, furieux. Regarde-le, il ne sera jamais l'un des nôtres ! »

Tarzan a disparu dans la jungle, désespéré. Lorsque Kala le retrouve, à la nuit tombée, le jeune garçon l'implore :

« Pourquoi suis-je si différent ? »

Kala s'efforce de le rassurer :

« Tu vois, lui dit-elle en posant ses mains contre les siennes, ce sont les mêmes ! Et dans ta poitrine, ton cœur bat comme le mien ! »

Comme il l'a promis à Kala, Tarzan est devenu au fil des années « le meilleur de tous les gorilles ». Il a acquis en grandissant de la force, de la rapidité et une grande adresse. Il n'a pas son pareil pour s'élancer de liane en liane ou glisser le long des branches, inaugurant un mode de déplacement inconnu des singes.

Un matin, tandis qu'il s'amuse à se battre contre

Tok, Sabor fond sur lui en rugissant. Le jeune homme esquive l'assaut et court se réfugier dans un arbre. Kerchak en profite pour s'interposer. Il saisit la femelle léopard au collet et l'envoie rouler à terre.

Mais Sabor se retourne contre lui avec rage. Elle bondit et l'attaque sauvagement à coups de griffes. Kerchak est blessé. Il ne peut bientôt plus lutter. Vaincu, il s'effondre, puis s'évanouit. Tarzan ne manque pas de courage, il empoigne sa lance et, défiant le fauve, l'attire au fond d'un ravin. Là, à l'issue d'un combat inégal et féroce, il terrasse le léopard enfin en lui plantant son arme dans la poitrine.

Kerchak reprend peu à peu ses esprits. Il se redresse avec peine. Autour de lui, c'est l'explosion de joie. Toute la tribu s'est massée pour féliciter et acclamer le glorieux vainqueur : Tarzan !

Loin de partager l'enthousiasme général, le grand gorille se sent tout à coup humilié. Il se détourne lentement pour s'enfoncer dans la jungle, quand Tarzan le rejoint.

Il s'agenouille devant lui et, en geste de respect et de soumission, dépose à ses pieds la dépouille de Sabor.

Kerchak porte alors sur ce jeune homme fougueux un regard où brille désormais l'affection d'un père pour son fils.

Soudain, un coup de feu claque. Tarzan dresse l'oreille :

« Qu'est-ce que c'est ? demande-t-il.

– Sûrement rien de bon ! » s'exclame Tantor, sur le qui-vive.

Sentant le danger, Kerchak donne l'ordre de se replier. Mais, au lieu d'obéir, Tarzan repère d'où vient le bruit suspect et s'en rapproche.

Tarzan est à l'affût sur la branche d'un arbre. Il regarde avec méfiance l'homme qui s'avance. Clayton, le grand chasseur blanc, marche, le fusil dressé, prêt à tirer. À quelques pas derrière lui, Jane appelle son père, le professeur Porter. Elle pointe son doigt vers le sol :

« Regarde, papa ! Là et là ! »

Le vieil homme accourt, tout excité. Il se précipite sur les amas de feuilles que lui montre sa fille.

« Oh, Jane, c'est magnifique ! s'extasie-t-il, ce sont des nids de gorilles ! Exactement ce que je cherchais ! »

Clayton et Porter se sont remis en route. Jane s'attarde à l'arrière. Elle est aux prises avec un bébé babouin bien peu timide qui refuse de lui rendre le carnet à dessin qu'il lui a volé. Le petit singe y contemple son portrait. De l'arbre où il est perché, Tarzan observe la scène, amusé. Jane a l'air si embarrassée…

« Allez, ça suffit ! Maintenant, je compte jusqu'à trois ! s'écrie-t-elle agacée. Oh, regarde, des bananes ! »

Le bébé babouin tourne vivement la tête. Jane en profite pour lui reprendre son carnet. Elle éclate de rire, ravie. La ruse a réussi.

« Je ne peux pas le croire, se réjouit-elle, tu t'es laissé prendre ! »

Le petit singe fronce le nez et se met à gémir. Jane se moque de lui :

« Ah, non, pas de larmes de crocodile, maintenant ! Allons, voyons, que vont dire tes parents ? »

Le bébé babouin rouspète de plus belle. Ses cris sont si stridents qu'ils résonnent dans toute la jungle, et sont bientôt repris en écho par des grognements effrayants. Jane, inquiète, lève le nez. Des centaines de babouins, ameutés, se sont regroupés dans les arbres. Ils se rapprochent, l'air menaçant.

Prise de panique, la jeune fille s'enfuit à toutes jambes. Les branches lui fouettent le visage et elle se tord les chevilles sur les racines. Si ces singes la rattrapent, elle est perdue. Sa course la mène au bord d'un ravin.

Lorsqu'il la voit poursuivie par la horde hurlante des babouins, Tarzan vole à son secours. Tour à tour, il bondit de branche en branche ou s'élance, suspendu à une liane. Jane n'est plus qu'à quelques mètres de lui. Elle va sauter dans le ravin pour échapper à ses agresseurs, quand le jeune homme plonge et l'empoigne de justesse. Jane se débat au-dessus du vide. Elle tente de se dégager de l'emprise de Tarzan qui la tient fermement.

« Lâchez-moi, vous ! » hurle-t-elle, épouvantée. Puis elle se tait, le souffle coupé.

« Je vole ! » s'exclame-t-elle.

Furieux d'avoir été joués par l'homme-singe, les babouins ont fini par abandonner leur poursuite. Jane est sauvée. Tarzan la dépose délicatement sur une branche et l'examine avec curiosité. Tout l'intrigue et l'intéresse, depuis les cheveux jusqu'aux doigts de pied. Il les touche pour voir quel effet ça fait. La jeune fille proteste en riant :

« Non mais qu'est-ce que vous faites ? Arrêtez, ça chatouille ! »

Puis Jane choisit de se laisser faire. Le jeune homme n'a pas l'air si mauvais. Il sourit même, en posant ses mains contre les siennes.

« Bon, merci, c'est très bien ! lui dit-elle en se dégageant.

– C'est très bien ! » répète aussitôt Tarzan.

La jeune fille le regarde, stupéfaite.

« Mais vous parlez ! » s'étonne-t-elle, prête à lui raconter en détails ce qu'elle vient de vivre.

Tarzan pose son doigt sur ses lèvres pour la faire taire, puis le tourne contre sa poitrine :

« Tar-zan ! » prononce-t-il.

Jane comprend et se présente à son tour.

Dès son retour au camp, Jane raconte ce qui lui est arrivé à Clayton et à son père. Elle décrit l'homme qui l'a sauvée :

« Il se tient accroupi ainsi et marche comme un gorille !

– Comme un gorille ! s'enthousiasme le professeur Porter. Mais Jane, c'est une découverte capitale ! »

Pendant ce temps, Kerchak s'adresse à sa tribu :

« Personne ne doit s'approcher des étrangers ! » ordonne-t-il.

Mais Tarzan s'oppose au vieux chef.

« Ils ne nous ont fait aucun mal ! » soutient-il.

Kala l'interrompt :

« Pour une fois, écoute Kerchak ! »

Tarzan se retourne contre elle avec rage :

« Tu prétends que je suis ton fils, mais comment puis-je l'être, puisque je ressemble aux hommes ?

– Kala, tu dois lui dire la vérité », conclut Kerchak.

Malgré l'interdiction de Kerchak, Tarzan se rend chaque jour au camp des humains. Grâce à l'équipement de l'expédition, le professeur Porter et sa fille lui enseignent les nombreuses richesses de la civilisation : les livres, l'astronomie, l'architecture, la musique, la danse, et même la bicyclette !

Curieux de tout, le jeune homme tombe sous le charme de Jane et ne se lasse pas de découvrir et d'apprendre.

À son tour, Tarzan entraîne Jane dans la jungle pour lui faire admirer les beautés de la vie sauvage.

Il la prend par la main et, la guidant gentiment, lui montre comment se balancer d'une liane à l'autre pour atteindre le sommet des arbres.

Là, sur les plus hautes branches, la jeune fille peut contempler à loisir les oiseaux multicolores qu'elle aime tant dessiner. Tarzan la regarde, attendri. Il se sent si proche d'elle. Un sentiment très doux, peu à peu, les unit. La beauté du paysage qui s'étend autour d'eux dépasse tout ce que Jane avait pu imaginer. Les cimes vertes ondulent doucement dans la brise comme un océan de feuilles.

Clayton est formel : l'expédition a échoué car personne n'a pu voir les gorilles. Ils doivent tous embarquer sur le bateau du retour qui va appareiller.

« Et Jane ? s'inquiète Tarzan, elle, aussi partir sur la mer ?

– Hélas ! soupire Clayton, elle serait sûrement restée si elle avait pu étudier les gorilles ! »

Tarzan a compris que la seule solution pour garder Jane auprès de lui est de l'emmener chez les gorilles. Grâce à un stratagème monté avec l'aide de Tok et de Tantor, il éloigne Kerchak du reste de la tribu. Puis, aussitôt que la voie est libre, il donne le signal à l'expédition de s'approcher. Jane aperçoit Kala en premier. La guenon recule timidement puis s'immobilise.

« Qu'elle est belle ! s'exclame-t-elle.

– C'est ma mère ! » lui souffle Tarzan.

Terrassé par l'émotion, le professeur Porter s'évanouit !

Jane s'accroupit près de Tarzan. Elle se met à grogner comme lui.

Rassurée par ces bruits familiers, une bande de bébés gorilles accourt immédiatement à sa rencontre. L'un d'eux grimpe sur ses genoux.

« Bonjour ! » lui dit-elle.

Le petit singe tourne sur lui-même en se frappant la poitrine. La jeune fille l'accueille en riant :

« Moi aussi, je suis ravie de te rencontrer !

– Attention ! »

Kerchak, soudain, surgit. Ce qu'il redoutait tant est arrivé : les hommes ont pénétré sur son territoire. Il doit les chasser. Il se rue sur Clayton qui, surpris, braque son fusil. Tarzan attrape aussitôt le vieux gorille par-derrière et, le plaquant violemment au sol, le maintient de toutes ses forces.

« Vite, allez-vous-en ! » lance-t-il à ses compagnons.

Kerchak gronde et se débat. Tarzan a du mal à le contenir. Le danger enfin écarté, il relâche son étreinte.

« Je suis désolé, Kerchak… ! » s'excuse-t-il.

Tarzan s'est éloigné, comme s'il appartenait désormais au monde des hommes. Kala le rejoint :

« Viens, lui dit-elle, j'ai quelque chose à te montrer. »

Le jeune homme découvre la cabane dans l'arbre où Kala l'a sauvé des griffes de Sabor. Il ramasse le portrait d'un couple et son bébé.

« Est-ce moi ? » demande-t-il.

Kala dévoile son passé à Tarzan.

Le laissant seul explorer la maison, elle se glisse sur la terrasse. Accoudée à la balustrade, elle l'attend en regardant la mer qui brille au loin sous les étoiles. Que va-t-il finalement décider ? Va-t-il rester ou s'en aller ? Lorsque enfin le jeune homme réapparaît, vêtu des habits de son père, la femelle gorille a le cœur serré. Tarzan l'attire contre lui et l'étreint longuement :

« Où que j'aille, lui dit-il, tu seras toujours ma mère !

– Et tu seras toujours mon petit ! »

Tarzan a pris sa décision, il arrive juste à temps sur la plage. Jane et son père vont embarquer dans le canot. Ils l'accueillent, soulagés. Mais à peine ont-ils posé le pied sur le pont du navire que les hommes de Clayton les font prisonniers. Le chasseur blanc s'approche de Tarzan et le toise en ricanant :

« Désolé, vieux frère, mais je n'ai plus besoin de toi pour trouver tes amis gorilles et les mettre en cage ! Rejoins les autres au fond de la cale ! »

Au même instant, Tantor surgit au galop sur la plage. Il a vu Tarzan monter à bord du bateau.

« Il ne nous a même pas dit au revoir ! » gémit-il.

Juchée sur son dos, Tok brandit le poing en direction de son ami. Elle l'injurie, folle de rage :

« C'est ça, va-t'en, espèce d'ingrat ! Et bon débarras !

– À moi aussi, il va me manquer », soupire Tantor en agitant tristement ses grandes oreilles.

Soudain, un long cri de détresse lui fait écho. Tantor dresse l'oreille, alerté.

« C'est Tarzan ! s'écrie-t-il. Vite, il a besoin d'aide ! »

Pendant que Clayton et ses hommes retournent à terre avec des cages, Tok et Tantor réussissent à délivrer Tarzan et ses compagnons. Ensemble, ils rameutent les animaux de la jungle et attaquent les trafiquants. Clayton a déjà capturé Kerchak et n'a aucune intention de le ramener vivant en Angleterre. Tarzan se jette sur lui au moment où le chasseur va tirer sur le vieux gorille ligoté à ses pieds.

Kerchak est à peine libéré que Clayton se redresse et blesse Tarzan au bras. Le chef des gorilles s'interpose et reçoit une balle en pleine poitrine. Tarzan arrache son arme au chasseur. Clayton, alors, le provoque :

« Tue-moi, si tu l'oses ! »

Tarzan brise le fusil au lieu de tirer. Clayton le menace de sa machette. Le jeune homme l'esquive et l'entraîne vers la cime des arbres où les lianes s'entremêlent. Clayton se débat en vain pour s'extraire de leur étreinte. Puis il perd l'équilibre et bascule dans le vide…

Kerchak est mourant. Tarzan s'agenouille près de lui, bouleversé :

« Pardonne-moi ! l'implore-t-il.

– Non, Tarzan, c'est à toi de me pardonner, souffle le vieux gorille, car je n'ai pas compris… Tu as toujours été l'un des nôtres… Veille sur notre famille, à présent… ! »

Tarzan veut protester, mais Kerchak insiste :

« Je te la confie, mon fils ! »

Le bateau n'attend plus que Jane pour appareiller. La jeune fille tarde à monter dans le canot où son père et le capitaine s'impatientent. Elle ne peut se résoudre à quitter la jungle où Tarzan a choisi de rester.

« Londres va me paraître bien petit, comparé à ici ! » soupire-t-elle.

Le jeune homme la regarde intensément. Il saisit la main qu'elle lui tend et la pose une dernière fois contre la sienne.

« Jane, manquer à Tarzan ! lui avoue-t-il.

– Toi aussi, bredouille-t-elle les larmes aux yeux. C'est le moment de nous dire adieu. »

Finalement, Jane n'a pas pu résister. Au moment de s'embarquer, elle a préféré se jeter à l'eau pour rejoindre Tarzan sur le rivage. À son tour, Porter se laisse tenter. Il demande au capitaine du bateau de le ramener.

« Vous direz que vous ne nous avez pas retrouvés ! lui explique-t-il. Après tout, des gens qui se perdent dans la jungle, il y en a chaque jour ! »